DIEZ PERROS EN LA TIENDA

Un libro para contar de **Claire Masurel**

Ilustrado por **Pamela Paparone**

TRADUCIDO POR ELENA MORO

Ediciones Norte-Sur · New York · London

W9-AGN-951

First Spanish language edition published in the United States in 2000 by Ediciones Norte-Sur, an
imprint of Nord-Sud Verlag AG, Gossau Zürich, Switzerland. Distributed in the United States by
North-South Books, Inc., New York. Library of Congress Cataloging-in-Publication Data is available.
The illustrations in this book were created with acrylic paint. Book design by Marc Cheshire.
Spanish version supervised by Sur Editorial Group. Printed in Belgium
ISBN 0-7358-1303-5 (Spanish paperback) 10 9 8 7 6 5 4 3 2
ISBN 0-7358-1302-7 (Spanish hardcover) 10 9 8 7 6 5 4 3 2 1
Si desea más información sobre este libro o sobre otras publicaciones de Ediciones Norte-Sur,
visite nuestra página en el World Wide Web: www.northsouth.com

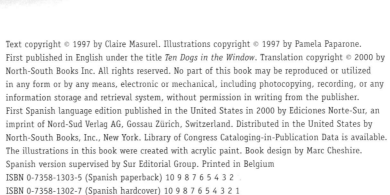

Para Meg—CM
Para Sam Dylan Overmyer—PP

10 perros en la tienda ven a la gente pasar.
Parece que alguien se acerca...

¡Qué bien nos vamos a llevar!

9 perros en la tienda ven a la gente pasar.
Parece que alguien se acerca…

¡Qué bien nos vamos a llevar!

8 perros en la tienda ven a la gente pasar.
Parece que alguien se acerca...

¡Qué bien nos vamos a llevar!

7 perros en la tienda ven a la gente pasar.
Parece que alguien se acerca…

¡Qué bien nos vamos a llevar!

6 perros en la tienda ven a la gente pasar.
Parece que alguien se acerca…

¡Qué bien nos vamos a llevar!

5 perros en la tienda ven a la gente pasar.
Parece que alguien se acerca...

¡Qué bien nos vamos a llevar!

4 perros en la tienda ven a la gente pasar.
Parece que alguien se acerca...

¡Qué bien nos vamos a llevar!

3 perros en la tienda ven a la gente pasar.
Parece que alguien se acerca...

¡Qué bien nos vamos a llevar!

2 perros en la tienda ven a la gente pasar.
Parece que alguien se acerca…

¡Qué bien nos vamos a llevar!

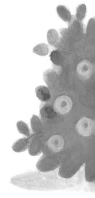

1 perro en la tienda está triste y aburrido.

Parece que alguien se acerca...

¡Toda la familia ha venido!

1 perro en la tienda quiere salir a jugar.
Parece muy divertido…

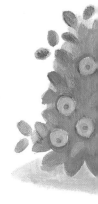

¡Qué bien nos vamos a llevar!